쟁이로 불린다는 건

리얼리스트 시전詩全 1

쟁이로 불린다는 건

박재웅 시집

봄싹

차례

1부 우리들의 셈법

2부 구두를 닦는다

3부 나는 서쪽으로

4부 혼자서는 갈 수 없는 밤길

제 1 부

우리들의 셈법

공치는 날이 아니다

백화점 공사 따고
일손 투입한다 자재 넣는다 한꺼번에
지지고 볶는데
작업 취소란다
잔뜩 실어 놓은 자재
맞춰 놓은 작업조
뒤따르는
항의 불만 반품
모두 떠안아야 하는 이 바닥 불문율
명치 끝에 타는
공친 날

어둠 소굴로 간다

광장으로 간다
한줄기 강물이 되어
촛불 속으로

어둡고 축축한 골방을 나와
식은 심장 불붙여

아이들 둘러싼 검은 시간
바다에 빠진 나비들 꿈 곁으로

물대포에 멎어버린 농민의 심장으로
쫓기는 노동자의 얼굴로

쿵쿵

마곡사 가는 늦가을

상념 흠뻑 젖은 길
구절초 따라
허공에 번지는
바람
햇살
눈
비
단청한
태화산
비로자나불의 미소
일제히 솟아오르는 새 떼

광장에 홀로 서 있던
촛불

그들의 셈법

햇볕 좋을 때 현장 소장 기사 반장까지 탱자나무 그늘이지
업자들 앞세워 고스톱 아니면 세븐카드 돈 뜯기 좋은
서너 달 후딱 지나 공사 진척은 더디고
건물주 낌새 차려 현장 회의 소집하면
그럴 때만 우리들 같은 업자들 모아 다그치는 현장 소장

소집 해제
건물주 가고 나면 바로 매운탕집 일식집
큰 공정 업체 따로 불러
그들만의 은밀한 시간
우리 같은 업자야
말단 기사나 꼬드겨
서럽게 후 공정

건물주 현금 받아 외상 어음 나눠 주고
만기 한 달 전 부도내고 튀고

피해 업자들에 끼여
채권 추심하고 유치권 행사할라치면
실체 없는 유령 회사

연쇄 도산
길거리로 내몰리고
강에 뛰어들고
약을 먹고

생을 달리하는
무슨 이런 계산이

고독한 사내는 처음부터 없었다

앞에 놓인 국밥은 느릿느릿 식는 중 막걸리 병은 빠르게 늘어가고 일 나가는 날보다 공치는 날이 잦았는데 기어이 서울을 뜰 모양

삼십 년 서울살이 연신 고독했다 쓸쓸했다 이제 세상 중심이 텅 비어 어지럽다 수염 덥수룩한 얼굴에 비릿한 목포 바다 내가

한풀이로 뿜어대는 연기 희뿌연 어깨를 털고 처갓집 안동행 버스에 오를 때 꽃잎처럼 흩날린 것을

동서울 터미널은 알고 있었다 그가 두어 달 후 다시 돌아올 것을

딱따구리 박씨

보름달 빵을 쥔 어린 딸애와 늘 현장에 왔다
시멘트 천장에 구멍을 뚫어 앙카를 박고 따다다다다 따다다다다
딱따구리
영농 후계자로 고향 땅 지키다 보증 잘못 서 딸아이랑 단둘이 옥수동 달동네로 왔다는
박씨
서로 쓰려고 안달 사계절 공사판 떠돌며 목돈도 만들었는데 함바 여자와 눈 맞아 살림 차린 어느 날 일 갔다 오니 돈만 가지고 튀었다는
딱따구리 박씨
술에 암에
단칸방에 어린 딸만 앉아 있고 머리맡에 함마드릴 깨끗이 닦여
시멘트 가루 날리며 딱따그르르 따그르르르 하던 목숨 쉬고 있다

이 목수

내 잘못도 아닌데 집주인에게 욕 덤터기를 쓰더라도 그는 중심을 잃지 않는다 그의 근성은 소설이나 드라마 속 포악한 늙은 목수의 거친 곤조 따위가 아니다 기운 수평을 익히 알기 때문이다 그의 눈은 늘 천장과 벽면 문틀과 레이저급 수직 수평을 맞추고 있다

그의 공구는 옛것과 첨단을 넘나들며 완전 무장 중이다 일할 맛이 없고 푸념 같은 담배 연기만 뿜어대다가도 현장에 들어서기만 하면 그의 중심은 전기 원형 톱처럼 놀라운 속도로 돌아간다 레이저 레벨기로 수평을 보고도 물 호스로 한 번 더 확인하고 전기 대패에 전기톱에 전동 공구보다도 소싯적 대패질이 망치와 대못과 더불어 몸속에 내장된 근성 목수다

오늘도 기울어질 때마다 속사포로 쏟아지는 욕 기술마저도 후배 목수에게는 값진 인생 강연이다

* 이 목수는 이완주 씨를 이름.

봄단장

기어이 봄을 찾겠다는 듯
가로수 새싹이 삼월 된바람과 맞서고
아파트 골목 상가 일 층 다섯 달 넘게 굳게 닫혔던 임대 점포가 새 단장 공사로 요란하다
문방구 잡화 수입 코너 세 번이나 주인이 바뀌었던
유리문 밖으로 여학생들 궁금한 눈길 머물다
땀 닦는 일꾼 얼굴에 길 건너 아파트 담장 넘어온 산수유 꽃이 환하게 비친다

마담은 귀신처럼 안다

또 어음이 터졌다
사무실로 쳐들어와 거친 말을 쏟아 내는 거래처 직원과 작업자들보다 먼저

지하 다방으로 도망가
어제처럼 도라지위스키를 시켜도
주머니엔 빈 통장과 부도 수표 몇 장과 돌려막기도 끝나 버린 카드뿐이라는 걸

두 달간 일했는데 부도낸 놈은 따로 있는데
죄인처럼 늘 미안합니다 갚겠습니다 조아려도

시는 쉽게 내게로 오지 않는다는 걸

접대 한 상床 같은 시

난생처음 접대 술집 계단 오르는데
삐걱삐걱
카드 한도가 삼십만 원이던 시절
삐걱삐걱
한 상에 거금 오만 원
맥주 세 병에 마른안주 한 접시

별걸 다
시로 쓴다

석불역에서

석불은 어디 있는지 알 수 없고 벽은 푸르고 지붕은 빨갛다

상하행선 하루 네 번만 선다는 양평군 지평면 망미리 석불역

근처 하나밖에 없는 식당에서 점심 먹고 나서는데 대합실을 향해 앞장서 가는 할머니 입가 가득 자랑이 뒤따르는 할아버지는 담배만 뻑뻑

돈 잘 번다는 딸 사위네 간다며 들녘 다녀오는 동네 아낙에게 할머니 좋아라 주저리주저리 묵묵 표정 할아버지

좋긴 개뿔이나 뭐가 좋다 그려 아들네도 아니고 글쎄 우리 큰아들은 박사고 서울서 대학 교수혀고 둘째는 의사여 의사 그런디 말여 무지 바뿡가 보드라구아 그래설루매 명절 때도 내려오기 힘든 모냥여 매년 그려

생불처럼 앉아서 양 볼이 쏙 들어가도록 담배 빠는

간이역 지붕 빨갛게 타는 낮이었다

방통 치는 사람

키는 훤칠하고 말쑥한 작업복
말은 거의 없는
방바닥 미장이 집은
에쿠스
몇 해 전까지 결혼식장 뷔페식당을 하다
사기꾼이 달라 붙어
탈탈 털려 깡통 신세

에쿠스만은 살아남아서
공구며 장비를 싣고
연극처럼 살아간다

인생 2막
돌진하는 에쿠우스처럼

* 방통: 방바닥 통미장 공사의 줄임말로 쓰였지만 요즘은 모든 바닥 공사 미장을 통칭한다.

장마 소식

북상하는 태풍에 긴 장마 온다고
시골집 전화는 불통이다
서둘러 일 마치고 일꾼들과 들어선
노룬산 시장 포장마차
벌써
영동교 건너 강남땅 공사장 다녀온 노동자들
왁자지껄 담배 연기 연탄 삼겹살 냄새
가득하다

당분간 굶어 죽게 생겼네 장마에 손 놓으면 자식 놈 학자금이며 대출 이자 생활비 걱정이 태산이네 담배꽁초 수북하고 소주병 여기저기 나뒹굴고

기어이 하늘은 어두워졌고 천막을 마구 두드리는 빗방울 소리에 우산 없는 지금이 더 큰일 하나둘 배낭 걸머지고 빠져나가는 하늘에 댄 핏발 선 주먹

하늘이 하는 걸 낸들 어쩌겄냐
시골집 어머니 말씀 여전하다

영동교

밥줄이다
변변찮은 사람들
가장 낮은 곳에서 낮게 엎드려 가는
노동으로 노동으로만 얻는 하루 양식
강남으로 향하는 새벽 개미 행렬
노동은 길다
무너진 성수 대교 옆
잠들지 못한 밥줄이 몸살을 앓고 있다

전 사장

붉은 눈으로 종종 만날 적이 있다
용접 달인
날카롭고 무거운 금속을 종잇장처럼 다루는 사람
도면 없이도 말없이 풀어내는
하나를 둘로 절단 내기도 했을
둘인 것을 하나로 붙이기도 했을
아크 온도 6,000도에 이르는
지구로부터 일억 오천만 킬로미터 떨어진 태양 표면과
생눈으로 맞장 뜨다
화상 입은 용접 아다리
눈에는 모래알이 굴러다녀도
세상 녹일 듯 푸른빛의 플라스마를 뿜어내는
이방인

* 전 사장은 전제길 씨를 이름.

미세 누수漏水

서너 달 전부터 그랬어요
전문 업체를 불러
탐지기로 이틀간 찾았는데 찾지 못했어요
외부 덧댄 창틀에 크랙이 가서 그 틈새로 빗물이
칭얼대는 갓난아기 손녀 끌어안은
왼쪽 팔뚝에 흘러내리고
외벽에 발수 작업했는데도 여전히
초점 없이 앉은 시어머니 입속으로 밥숟가락 떠 넣는
오른손 잔등으로
문틈에 고여 있다 떨어지는 물방울
사이

그녀의 낮은 간이침대가 울적하다
링거 호스에서 떨어지는 눈물같이
똑똑
그녀의 혈관도 어쩌지 못하고 오래된 신트림을 한다

누수 원인은 십중팔구 인생 배관 엘보에 있다
여간해선 찾기 힘든 금 간 자리

제
2
부

구두를 닦는다

십이월에 핀 꽃을 위해

반쯤 열린 연분홍
쏟아지는 햇살 뜨겁다

고등학교 졸업하자마자
옷가지 간단히 챙겨 뛰쳐나오던
십이월 그때부터

여기저기 흩어져 있던
저 꽃

그날도 인력 회사 일용직과 하루 종일 씨름하다 돌아와

전등 켜고 불기 없는 난로 앞에 주저앉아
구두를 닦는다
아니 털어 낸다

쇳가루
석면가루
4호선 남태령 지하 환풍구 공사장부터 따라와
거북등처럼 갈라진 구두코에
바닥 드러난 뒷굽에 뿌옇다

신병 때 광내던 군화였지
결혼 때부터 같이 걸었던 만혼 구두였지

부도가 할퀴고 간 사무실
망할 소문에 하나둘 떠난 자리
헌신짝처럼 놓여

구두를 닦는다

선회旋回

시간은 업자들에게 저당 잡히고
좋은 벗은 집에 가고 없다
시인들 틈에 끼여 보아도
어깨너머엔 내 시가 없다
미래를 구할 눈과
품위를 지킬 입과
돈이라도 될 귀가

문학 뒷얘기 길바닥엔 없다
외롭고 쓸쓸한 내 골목 끝에는
좋은 벗이 아직 날 기다려
늦게라도 거기에 가 보려 한다
돌아서 가려 한다

물형석物形石 돌대가리

돌에 관심 없는 것만으로 돌대가리 사장이라 부르겠는가 사무실 정리하던 중 샘플 장 안쪽 구석에서 좌대도 없이 잔뜩 웅크린 돌 하나를 발굴하였다 찬물로 곱게 씻어 수건으로 정성껏 닦다가 이게 뭐지 여기에 어떻게 한참을 생각하다 문득 떠오른 이십 오륙 년 전 공사비 잔금 대신 울며 겨자 먹기로 받아온 사연

그동안 고풍스런 석격石格을 꿈꾸었을까 떠나온 어느 강가를 그리워했을까

더 이상 너를 원망하지 않겠다

목련 아래서

갑자기 코가 꽉 차
휑 푸는데
아뿔싸 아랫구멍이 살짝 열렸다
순간 놀래서 생각 겨를 없이
쏜살같이 움직여 수습하는 것이다

이 나이에 그 황당한 일로 별의별 생각을 하다가
하, 터무니없이 결론에 이르렀으니

꽃 피고 지는 일도
그럴 거라고

몰러 몰러

호적에는 1960년 경자생
족보에는 1957년 정유생
학교는 58년 무술생들과
동네 아이들 이름 거의 다 지어 준 아버지
지은 이름 대신 할머니와 어머니는 돌쇠라고 불러대니
동네고 학교고 창피한 일
할머니에게 물으면
아버지에게 물어보라 하고
아버지에게 물으면 빙긋 웃으며
몰러 몰러
난 주워 온 자식인게벼
이제 와
술에 취해 물으면
빙긋 웃으며 아버지
몰러 몰러

그렇게
두세 번 죽을 고비 넘겼던 걸 보면

강물은 흘러만 가지 않았으니

놀빛 부서지는 윤슬
노 젓는 이도 없이 내게로 와
서러움도 없이 흘리는 눈물
물소리 깊은 곳에서
괜찮다 그래 괜찮다 속삭이며
안아 주던 젊은 어머니처럼
흐르기만 하는 것이 아니라
다시 낳아 빨갛게
세상 끝에 서게 하더이다

민들레

기억하지 않아도 해마다 그 자리에서
내 눈 속 무상無常을 비웃기라도 하듯
활짝 연 꽃잎 여전하다

끝끝내 피어 살아남아야겠다는

별 하나에 희망

내 영원한 별 하나 있다면
추락하는
별 앞에
구름과 바람과 비
어둠 깨치는
사랑

쟁이로 불린다는 건

뫼에 뗏장을 입히려고 잔디를 주문했는데
조금 모자르게 왔을 때
일머리 모르는 산역꾼들은 불만과 불평이 드세지
그럴 때 쟁이는
다시 더 시키려면 하루가 가는데
잔디를 조금 펼쳐 심어도 된다는 판단을 하지
화가가 그림을 그리듯 머릿속에는
잔디를 펼쳐 놓고 미리 잔디를 심는 거지
조금씩 넓혀 티나지 않게
약간 성글어도 뿌리내려 자리 잡기엔
더 좋은 상태임을 알기에
짐짓 이렇게 말하는 것이지
쟁이는 먼지를 심어도 당장
잔디를 나게 할 수 있어야 한다고

소리 없는 아우성

네거리 횡단보도 눈에 띄는 광고판에 끼일 수 없었는지 선거철 국회 의원 구청장 단골 자리 가로수에 치매 노인 찾는다는 현수막 1톤 봉고차에서 내린 사내들 긴 낫으로 줄 끊고 후다닥 사라진다

공사 대금 떼여 뚝섬 유원지 선착장 바지선 곳곳에 여기는 유치권 행사 중입니다 걸었던
낫과 몽둥이로 무장한 깡패 용역 느닷없이 갈기갈기 찢고 밟았던
현수막도

우리 어머니 돌아왔습니다 고맙습니다
그 자리 다시 걸린 현수막도

거시기 같은 날

친구 아들놈 결혼식이 있던 날이었지요 여름 양복 매끈히 차려 입고 쿵쿵대는 가심팍 누르며 종로로 내달렸지요 짝사랑 거시기도 온다는 소식이 있기는 있었지요

몇 차례 소낙비가 스치고

룰루랄라

껍데기는 쭈글밤탱이래도 마음은 이팔청춘

호들갑

이럴 때일수록 웨딩홀 주차장은 만차

이리저리 골목골목 헤매다 셔터 내린 상가 앞에 대충 세워 놓고

가다 보니 구둣방이 있네요

그래 얼마 만이냐 광 좀 내자

드르륵 문 열고 들어섰는데

오!

양복 차림에 슬리퍼

마이 갓!

엘리베이터 앞에서 마주친 거시기

그래요 그녀였어요

그 옛날 어린 영혼을 몸살 나게 했던

거시기

참말로

그 남자의 봄빛

기다리지 않아도 봄은 온다고
잠시 화려했던 가을이 서걱서걱
은빛 머릿결을 흔들며 겨울 산으로 넘어갈 무렵
그의 핸드폰 액정 속 아내는
이미 웃음을 잃어버렸는지 몰라요

(아니야 아니야 넌 항상 웃고 있을 거야)

가난과 고통
한숨과 울분이
시인의 무기가 아니었음을
그보다 먼저 알아버린 탓인지도 몰라요
아내는 오래전부터 부서진 꿈에 아슴아슴 젖어
별빛 내리는 작은 창을 향해서만
소녀 적 날갯짓을 하고 있었는지도 몰라요

오후 네 시면 술집으로 향할 때도
검은 등판을 보이며 습관처럼 로또 방에 들를 때도
술 취해 전철역으로 어기적거리며 걸어갈 때도

(아니다 모른다 그런 적 없다)

아버지의 망령이 따라 붙었는지 몰라요

그래도 그는 술잔에 탈탈 잃어버린 영혼을 비우고
가끔 탁자 구석 핸드폰을 보며 히죽거리네요
술잔 속 고요도
앞니 빠진 술집 주인도 웃는
오후 다섯 시 술집을 나와요
풀어진 두 다리를 끌고 핸드폰을 꺼내면
액정 속 아내도 웃고 있겠지요
아내가 차리는 따순 국밥을 기억하며 멀어져 가는 발걸음
하늘 가린 빌딩 숲 사이로 푸른 봄빛이 자박자박하네요

너에게 가는 길

눈 감으면
젖무덤을 헤집는
햇살처럼

다시 불타오르는

내 안을 넘나들던

너의 눈 뜨면

사라지는

천국

불빛 속으로

초등학교 사 학년 때부터 학교 파하면 책 대신 호미 삽 낫 도끼 들고 솜씨 좋은 쇠경 일꾼 미애 아버지가 만든 꼬마 지게 지고 밭으로 논으로 산으로 헤매다 돌아온

쇠죽 솥 걸린 큰 아궁이에 장작 활활 타오르면 키 작은 나는 이상한 나라로 빨려 들어가곤 했는데 여물통 넘어 고단한 소 콧김 소리가 구수하게 따라 와

육십 넘어도 카약 캠핑 하며 밤늦도록 춤추는 장작불에 열여섯 어린 나도 같이 일렁이는 불의 알 만들던 그 아궁이

거미의 아찔한 양식

누군가의 안식처를 위해
염천 허공에 힘줄을 엮는
철골 노동

제
3
부

나는 서쪽으로

그해 봄 시인학교

맞은편 건물 담장 밑에
옹기집 주인 여자 분꽃 심는다
애들도 낮에는 자고 저녁만 되면 눈을 떠요
시인도 그렇지 않나요

두레박질

물론 공동 우물에서 여러 사람이 사용하니 두레 자가 들어갈 수 있지만 내가 말하는 두레박은 말여 가물어서 논이나 밭에 물 댈 때 2인 1조가 되어 웅덩이에서 물을 퍼 올리는 사각 물통을 말하는 거여 뭐 겨울에는 물고기 잡아 천렵도 하는 큼직하게 양철로 만든 직사각형 모양

그릇 양쪽에 줄을 두 가닥씩 매달아 웅덩이 이쪽과 저쪽 마주 서서 호흡 맞춰 물을 푸는 거여 줄 조정을 잘해 물을 치올리듯 담아 퍼 올리고 연속으로 해야 하기에 마주 선 둘이 하나가 되어야만 할 수 있지

그래서 두레박질이란 어쨌든 하나의 호흡이 되어야 하는 거여 일통 일통 영차영차 하면서 푸다 상대가 어설프면 몸속에 넣어 하나 일이 되어야 하는 거여 성질낸다고 일이 잘 되간 못하는 사람에 맞춰 잘하도록 하는 것이 두레박질이여 그 시절 두레박질 생각하면 이 세상이 왜 요 모양 요 꼴인지

새벽 강

죽은 아내가
산 서방을 위해
아침밥을 짓는 듯
모락모락

새순 법문

어린이날 새벽을 틈타 강원도 평창군 봉평 보래산으로 두릅 따러 갔다 새순 똑똑 부러지는 경쾌한 유혹에 점점 두둑해지는 배낭, 몇 개 계곡을 지르고 팔부 능선까지 첩첩 올랐다 살벌한 가시들에 찔리고 긁히면서도 어리고 파릇한 새순 데쳐 삼겹살과 소주 한 잔 생각에 두릅 순 보이는 족족 따다 돌아갈 길 잃고

멧돼지처럼 헤집었다 흥건해진 윗도리 배낭이 어깨를 누르고 바구니가 팔을 잡아끌고 아랫배가 쪼그라들 무렵 철퍼덕 낙엽에 주저앉으니 그제야 눈에 든 하늘

빽빽한 전나무 사이로 성난 듯 잔뜩 찌푸린 비구름 당장이라도 덮칠 기세 서둘러 일어서려니 어둑한 사방은 오리무중

나뭇가지가 긴 방향이 남쪽이겠거니 하고 더듬더듬 왔던 길 찾아 나서자 절벽 같은 능선 비탈길 덩굴인지 넝쿨인지 사정없이 발을 건다

어린 새순 꺾은 인욕人慾, 자빠지며 구르며 피 흘려 보란다 순해 보이기만 했던 풀과 나뭇가지가 얼굴에 팔뚝에 종아리까지 사정없이 할퀴고 생채기를 내고

구름조차 노기를 쏟아붓고
　솜뭉치 육신
　숨 헐떡이던 그쯤에
　연두색 풍경 소리

저만치 사랑 잃은

서둘러 산등성 넘어가는 해
붉었던 강섶 이내 어스름
다시 눈뜨는 시간이 와도
시든 목련
돌계단 틈새 민들레
다정한 제비꽃보다
강가에 피어나는 안개꽃
그냥
그
순간

인도人道

달마는 동쪽으로
나는 서쪽으로
그 길 낯설지 않네

설아 다원 뒤뜰

여러 해 애지중지 길들였다는 다관茶罐
내 나이 훌쩍 뛰어넘었을 녹나무 찻잎 뉘이고 물 끓인다
본 대로 들은 대로 귀때그릇에 뜨건 물 부어 찻잔 따르니
녹나무 한 그루 입김

금 간 듯 물 샐 듯 우러나
끊어지지 않는 실금 향기

나도 한 자리에서만 삼십 년이 넘었는데
귀때그릇 귀퉁이에 손가락 한 마디 슬쩍 넣어 본다

앗 뜨거

그래 이 맛이지

청천青天

낮달과 낮술 사이
방금
황금 그물을 빠져나간
바람과 물소리
가두어 놓고
저 홀로
시퍼렇게
멍든 가슴

동안거冬安居

눈이 물
물이 눈
마음이거나
몸이거나
아프면 눈물이 난다
겨울나무
하얀 눈물 꽃
푸르다

새끼 조폭들

지난 연말이라더군요 고향 모 병원 원장이 퇴근한 지 한참 지난 저녁 아홉 시경 갑자기 깍두기들이 들이닥쳤는데요 어깨에 둘러 멘 야구 방망이와 생김새만 봐도 양아치 조폭 냄새 풍기는 그런 놈들이 원장님을 꼭 만나봐야 한다며 간호사가 떨리는 목소리로 전화를 했다네요 원장은 이렇게 생각했대요(수금해간 지 얼마나 됐다고 또) 그렇게 병원에 도착해 보니 몸집 큰 일곱 놈이 카운터 앞에 서성이고 있더라네요 한 놈은 야구 방망이를 들고 병원 바닥을 쿵쿵 내리찍는 시늉을 하고 몇 놈은 겁에 질린 간호사에게 농짓거리를 하고 원장이 놈들에게 다가가니 대장인 듯한 놈이 원장님 죄송하지만 좀 도와주셔야겠습니다 잔뜩 주눅든 원장이 얼마를 도와줘야 되는지요 했다지요 순간 녀석들이 멀뚱거리면서 서로 번갈아 보더래요 저 원장님 그런 게 아니고요 우리는 용팔이파인데요 우리 일곱이 얼마 전에 거시기 입단을 했거든요 근데 조금 이따가 신고식이 있습니다 그럼 내가 뭘 도와줘야 되나요 원장이 되묻자 오늘 전통 신고식을 하는데요 글쎄 빠따 오십 대씩 이래요 아 그러니까

원장님이 우리 엉덩이에 거 이짜나요 엉덩이 안 아프게 마취제 좀 놔 주세요 했다네요

한동안 그때 일을 잊고 있었는데 음력 설 며칠 앞두고 새끼 조폭 한 녀석이 감기로 병원을 찾아왔더래요 원장은 그때 상황이 어떻게 됐는지 몹시 궁금했지요 아이고 원장님 저 그날 고만 죽는 줄 알았네요 근육 주사를 호되게 맞고서 신고식을 하는데 그날 두목에 이어 선배들 훈시가 두 시간 넘도록 이어지는 바람에 마취는 그새 다 풀려 버렸고 몽둥이 맞다 중간에 기절했다고

그렇지요 교장 선생이나 조폭 두목이나 그렇고 그런 시인이나 어린 영혼에게는

장미의 눈물

푸른 벽이 운다
붉은 눈물이
구름 뚫고 쏟아진다
부딪혀 혼절한 바람일 게다

봄밤

보이지 않으니 속수무책이다
하루 종일 귓속을 후비는
천 일 고독과 천 근 두통
알 수 없는 처방전

잔기침에 목련이 지고
가래 끓는 소리에 벚꽃 떨어지는

중세
흑사병
권태와 현기증

빙렬冰裂 화음

오랜 세월 길들여진 찻잔
눈물에 금이 간 듯 얼기설기 보이는 선을 따라
이끄는 대로 가다 보니 길은 시작도 끝도 없이 하나였다*

흙이 아닌 흙과
물이 아닌 물과
불이 아닌 불이
바람이 아닌 바람과
사람이 아닌 사람의
천만 갈래 실핏줄
숨결 고요히 육신에 가두고
천지 갈라지는
천년 시간쯤 되는 눈물

* 김이하 시인 시 제목에서

가을 빛깔

봄날에 앞산 청조 뒷산 홍조
가을날 만들 만산 홍살 잎 되었으니
목어 지키는 듯 우글거리는 뱀
잡을 궁리만 하다 날이 샜다
숲속의 방 구절초 향 가득하다

발효

향기 머금어야
생의 끄트머리 어디쯤일지 알 것 같은
소소함
세파에 온몸 뿔이 닳고 닳아
남은 살마저 문드러져
그윽한 향기를 낼 때까지
철사로 칭칭 동여맨
늙은 장독

이명耳鳴

백학이 고이 잠든 자작나무 숲에서
시원의 푸른 열정 가득한 호수에서
칠흑의 밤하늘 별빛 징징澄澄하니 언저리에서
수평과 지평 사이사이 흰 구름 맞닿은 곳에서
내 안의 그리움으로 남아
어찌 이토록 흔들려
오시는지

제
4
부

혼자서는 갈 수 없는 밤길

음짓말 경희

경칩 며칠 앞두고 친구들과 둘러앉아 연애담을 펼치는데요

야 뭐 나라고 머 연애질 못해 봤겄냐 그때나 시방이나 고등학교 시절이면 즈덜 이마빡만 버썩 피 마른 건 아니자녀 온몸 근질근질하다 못해 대갈빡으로 올라와선 여드름 피고

근디 동네서 연애질이락두 할라믄 워디 갈 때가 있어야 말이지 그러니까 멀리 떨어진 벌떠구니 논에 쌓아 둔 짚둥가리 푹신하게 틀곤 했었지

그날도 몰래 찾아갔는데 글쎄 짚둥가리가 홀라당 타버리고 시커먼 재만 바람에 폴폴 날리고 있더라구 그애는 코빼기도 보이지 않고 돌아서 오는데 우찌나 가슴이 쿵쾅거리는지 냅다 뛰어

방구석에 처박혀 있었지

내가 말이다 음짓말 경희 애비하고 한잔 했는데 오늘 꼴 보기싫은 짚둥가리 확 불싸질렀단다야

아버지 그 말끝에

그날따라 산그늘이 일찍 들었는데요

얘야 그만 자거라

— 김규동 선생님 영전에

날아갈 듯 하얗게 비워 가는 몸
천년 고불古佛처럼 누워
명주실 뽑아 따뜻한 관 짜고 있네

살아서 지키지 못한 약속
나비 되어 어머니에게 날아가
반세기 넘도록 철조망에 찢긴
치맛자락 꿰매 주려 하네

나룻배 한 척과 단아한 어머니
오매불망 걸려 있는 거실
물푸레나무 둥근 탁자 위
파이프 담뱃대와 손때 묻은 만년필만
오롯이

푸른 꿈 두만강을 건너고 있네

아버지 마음

벌초 날
낫 들고 봉분 풀 깎고 있는데
예초기로 후딱 해야지
아버지 말씀
예초기 들고 봉분 올라서기 그래서요

그런 후
벌초 때면
아버지 숫돌과 낫 챙기고
예초기 내게 들려 앞세워 가다
이웃 사람들 보시오
우리 큰아들 왔어

아버지 병상 일지

무사태평 아버지는 코를 골고 맞은편 병상 보호자 의자에 할머니가 앉았는데요

우리 집 양반은 말유 오늘 아침 탈곡기에 팔을 다쳐서 시방 스무 바늘이나 꿰매고 왔는디유
심이 장산지 아직두 아프다 소릴 안혀네유 근디 저 냥반은 이목구비가 반듯하니 참 잘 생겼구만유 젊어서 마누라 속 꽤나 쎅혔겠어 쎅혔겠네 쯧쯧 그류 안 그류 근디 이 냥반이 우리 집 보다 일곱 살이나 많네 많어 우짬 젊네 참 젊어 보유

아, 이 할망구야 고만 떠들고 집에 가서 개밥도 주고 응응 어여 가 집이나 봐

순간, 가을 산사 같은 정적이었는데요

염병 그누무 집 누가 떠간대유

지독한 행군

완전 군장 철모에 눌린 채
산 넘고 강 건너
단내 나는 입
진물 터진 발
젖은 군화 끌고
사흘째
졸면서 외치는 북진통일
넘어
전우의 등짝은 염전처럼 마르고
때 이른 코스모스가 아른거렸다
멀리
구름 한 점 없이 다가온 용주골
축축한 등에 들러붙던 깔깔깔 꽃잎
땅만 보며 걸었다
습관처럼 지금도
저무는 여름 도라지꽃 보랏빛으로
흔들리고 있다

우리끼리라는 말

아내의 둘째 시누이 되시는 막내도 마흔을 넘긴 늦가을 왜 언니는 안 와 어디 아파 시든 배춧잎 따낼 때마다 지청구가 한 다발 내가 손위인데 참, 언니한테 잘해 맵게 양념 버무릴 때는 웃다 버린 딴청

우리 박가들만 모일까 그거 좋겠다고 이웃집 개가 짖고 먼 산 보던 닭들도 덩달아 꼬끼오

막 버무린 김치에 삶은 돼지고기 막걸리

끼리끼리 놀면 될까 싶은

시골집 김장 날

촌놈이 하는 욕

까까머리 모여 해방구 신작로에서 기타 치며 놀던 시절
누군가 길을 묻는다
달빛에 하얀 얼굴 서울 놈 같다
근방 이십여 리 떨어진 목장을 찾는다
혼자서는 갈 수 없는 밤길
동행

저만치 보이자 막 뛰어 들어간다
뒤도 돌아보지 않은
문간을 서성거려도
우유 한 잔 기척도 없다
그놈 때문에 이십 리를 걸어 왔는데
다시 되돌아가야 하는데

나쁜 새끼

서울살이 사십 년
시나노

고작

나쁜 새끼

공친 날

콩나물 다듬다

대가리도
줄기도
물러져
꼬리
떼고

먹을 게 없다

어느새 찾아온 초사흘 달
버리지 못한
어머니 쉰밥

할머니 방식

한 학년을 두 해씩 다니면
몇 배 잘 하지 않을까
재취로 들어와 늙은 남편 진갑 때 간신히 본
외동아들

그렇게 이태씩 다녀
친구들 중학 갈 때
겨우 초딩 사 학년
아버지

무릎 꿇은 것도 아닌데
꿇은 것이 분했던지
아예 때려치우고 독학

자본주의 앞에 선
아들 생각한다
할머니처럼

함박꽃

엄마는 세상 모든 꽃을 좋아했지요 흙담 아래 채송화 봉선화 해마다 피었고 우물가에 붉은 칸나 다알리아 맨드라미 아침저녁으로 알은 체했지요 그래도 제일은 함박꽃, 시어머니 우리 할머니 사방 백 리 소문난 호랭이 1·4후퇴 때 미군들이 들이닥쳐 우리 집 대들보를 땔감으로 쓰려고 도끼 내리칠 때 조선낫 들고 막아서듯 혼쭐내면 늦은 밤 장독대 엄마 그림자가 달빛에 흐느끼고 함박꽃도 덩달아 흔들렸지요

그랬지요 엄마는 한글도 깨치지 못했는데 아버지는 사서삼경 통달하고 사법 고시 공부까지 했으니 홀로 일본 구경 간다해도 뭐라 말이 없지요 하는 말이라곤 니 아부지 일본 댕겨오면 인제 죽을란다 관절 주사도 약효가 다했고 평생 말귀 못 알아먹는 니 아부지랑 사는 것도 버거우니

말끝에 정말 곡기 끊고 그해 십일월을 넘기지 못했지요 삼베옷은 필요 없고 보랏빛 한복 꼭 입혀 화장해 높은 산에다 뿌려 달라 말머리에 벌써 덧붙였는데 음력 구월 스무여드렛날이면 시골집 장독대에 함박꽃 환히 웃고 있겠지요

장독대

향나무 울타리 아래
돌 층층
가지런히 옹기 항아리들 곁에
함박꽃
어머니
앞산 단풍 들던 날
오십 년 사슬 풀고
꽃신 신고 떠나시더니
당신 손 젖은 장독대에 앉아
나비 손 흔드시네

이젠 엄마가 끓인 꽁치 국이 먹고 싶다

인천으로 이사 간 작은고모가
할머니 생신 때 바닷고기 한 궤짝을 가져왔다
대한민국 내륙 중 상내륙 한 번도 떠나본 적 없는 어머니
생전 처음 보는 꽁치며 간고등어와 이런저런 생선들
비린내는 심했지만 잘 생기고 푸짐하고 신기했다
음식 솜씨라면 읍내까지 자자하던 어머니
달덩이처럼 부풀어 술상부터 동네 분들 저녁 차림상까지
불그레한 매운탕 같은 꽁치 국을 한 그릇씩 올린 솜씬데
난리가 났다
먹음직스러운 생선 토막은 소금덩어리고
국물은 짜고 쓴 데다가 역한 비린내로 진동했으니
벌건 꽁치 국 한 솥 뒷마당에 그대로 남았다
그 밤 별만큼 눈물 쏟은 어머니

엄마 난생처음 끓인
그 꽁치 국
이젠 먹을 수 없다

친구
— 동엽에게

백족산을 한 번도 떠난 적 없는 장호원 청미천 따라 스물에 헤어져 지천명 이순이 지나도록 쉼 없이 마음속 휘감아 돌고 있는

네가 읍내에 자취를 하곤 하루 삼십 리 걷던 내게 쌀 한 가마니가 넘었다던 사이클 자전거를 일언반구 없이 이거 니가 타고 다녀라 했던

너와 정월 열엿새 생일이 같아 간혹 묘한 생각이 드는 나를 키 큰 아이들에게서 맨 먼저 무던 지켜 주어 울 엄니 고마워서 차려 준 소박한 한 끼 밥상이 여직 그립다는

네가 최루탄 피해 찾아든 인사동 골목 어느 카페에서 담배 꼬나문 여자들 눈길 피했을 때 우스워 놀림 반 투정은 내가 늘 동생 같기만 해서 수십 년 생사의 기로에서 소방 외길 걸어온 네게 전하는 경외

살아서 다 못한 이야기 죽어 영원히 나누자며 내 곁으로 오라던 그 울림 속에 회화나무 한 그루 심어 보자 낮에는 바람 소리 밤이면 별들의 웅성거림 가득한

달은 한 번도 늙은 적이 없었으니

내 고향은 비닐 바다다 농약 값도 안 나온다며 벼 농사를 팽개치고 평당 삼사천 원에 서울서 내려온 비닐하우스 임대업자들에게 논을 넘기고 고향 사람들은 물 한 방울 품지 못하는 바다에 섬이 되었다 그래도 그 섬에 달이 뜨고 있다

민달팽이

흐린 달빛 아래
문패도 번지수도 없는 주막에 아버지 유행가 소리
미수米壽에 집 한 채 없네
문중 땅이 서울 외지인에 넘어가
백이십여 년 전 할아버지가 지은 집
오 남매가 자란 집
모두 떠나간 집
어머니도 떠나가신 집
늙은 아버지 홀로 지키고 있는 집
민달팽이 집 찾아가는 밤
용마산에
달 기운다

/ 여백 /

아릿하나 무미건조한 문자
몇 토막
항구에 풀어놓고
흰 눈 현현玄玄한 중간산 저편
무심無心을 갈망한다
탓할 수 없는 쟁이의 기억
사랑했다
문득
한 갑자 생애 넘나든 시절
인연이여
삼라만상이여
부끄럽고 고맙다.

2022년 구월
박재웅

/ 해설 /

청년의 시적 순정, 삶-노동의 통찰력

전상기(문학평론가)

1

시집을 낼 거라는 얘기는 몇 년 전부터 들었다. 유난히 덥고 장마도 지루하게 이어져 차츰 지쳐가는 여름 한 날. 형에게서 연락이 왔다. 시집 해설을 좀 써줘.

> 누군가의 안식처를 위해
> 염천 허공에 힘줄을 엮는
> 철골 노동
>
> ―「거미의 아찔한 양식」 전문

여기 한 사람의 인생이 있다. 결코 자기 인생을 자랑하지는 않는다. 시 내용과 제목을 연결했을 때, 아, 하고 수긍하고 수수께끼를 푼 느낌이 든다. 자랑은 커녕 고된 노동과 위태롭고 위험천만한 노동 조건을 떠올리게 한다. 생 앞에 시인은 무엇일까 고심했기 때문일 것이다. 은유를 가미한 '거미'는 철골 노동자를 떠올리게 한다. 그런데 굳이 '거미의 아찔한 양식'이라고 했을까? 일견 생각하면 '거미'의 안정적인 거처인 동시에 먹이를 낚기 위한 사냥 도구인 거미줄을 쉽게 비유한 방관자적 관찰로 여겨질 수도 있다. 그러나 '거미'가 '철골 노동자'로 치환되는 순간, 다시 삶의 고단하고 위기에 가득한 전모가 떠오른다. 거기에 '양식'까지 가미되니 시인의 삶, 노동에 휩싸인 — 뭉근하게 버무려진 — 한 생애가 감지된다.

나날이 노동에 매몰되다 보면 자신과 노동의 관계가 긴밀한지 소원한지 구별되지 않고 한바탕 일원론적인 행위에 묻히기 쉽다. 자기의식은 실상 내 온몸의 활동이 전달하고 보고하는 모든 지식과 정보, 신호를 관장, 제어, 해석하고 반영하는 결과를 각성하는 대뇌 피질의 기능과 역할을 가리킨다. 반복적이고 지속적인 노동의 동력이 바로 스스로를 자각하는 일이다. 그런데 각성과 자각의 순간이 주의와 집중의 시간으로 초점화되기보다는 휴식과 수면, 재충전의 갈망을 충족하려는 욕구로 집중되기 때문에 사람들은 대부분 노동의 메카니즘을 사무적이고 기계적인 과정으로만 치부한다. 삶, 노동이 의식意識/儀式 — 양식화樣式化하는 미적 · 정치적 국면을 거쳐야 한 생애는 노동과 삶이 일체화된다. 나아가 삶과 노동이 분별되는 '따로 또 같이'의 차원으로 상승한다. '거미의 아찔한 양식'에 담겨 있는 분리와 결합, 초월의 기술은 그런 점에서 의미심장하다.

한 생애의 노동과 삶에 대한 박재웅의 소회가 불과 석 줄밖에 안 되는 이토록 짧고 강렬한 시에 충만하다니. 아마도 그것은 그의 시에 대한 이해와 삶에 대한 통찰이 만만치 않음을 예시하는 증좌일 것이다. 그가 종사하는 건축업과 관련된 소재 선택에서 비롯된 바 "누군가의 안식처를 위해" 일했기 때문일 것이다. 그는 거기에서 삶의 복잡다단한 희노애락애오욕喜怒哀樂愛惡慾을 숙고하고 자양분으로 삼았음을 짐작케 한다. 무릇 직업인 거개가 종속되거나 소외된 노동 과정(메카니즘)에 사로잡히게 마련이다. 깨어 있는 몇몇만이 자기와 자기 노동을 관조한다. 즉, 성찰하는 것이다. 시적 화자는 '삶 — 노동'의 '아찔한' 운명을 저리 사유한다. 삶이 어쩌면 '염천 허공에 힘줄을 엮는' 일과 다를 바가 없듯이 '철골 노동'의 강도 높은 도로徒勞는 소진될 가능성에 항상 직면한다.

서너 달 전부터 그랬어요
전문 업체를 불러
탐지기로 이틀간 찾았는데 찾지 못했어요
외부 덧댄 창틀에 크랙이 가서 그 틈새로 빗물이
칭얼대는 갓난아기 손녀 끌어안은
왼쪽 팔뚝에 흘러내리고
외벽에 발수 작업했는데도 여전히
초점 없이 앉은 시어머니 입속으로 밥숟가락 떠 넣는
오른손 잔등으로
문틈에 고여 있다 떨어지는 물방울
사이

그녀의 낮은 간이침대가 울적하다
링거 호스에서 떨어지는 눈물같이
똑똑
그녀의 혈관도 어쩌지 못하고 오래된 신트림을 한다

누수 원인은 십중팔구 인생 배관 엘보에 있다
여간해선 찾기 힘든 금 간 자리

—「미세 누수漏水」 전문

'인생 배관 엘보', '여간해선 찾기 힘든 금 간 자리' 처럼 '외부 덧댄 창틀에 크랙이 가서 그 틈새로 빗물이', '외벽에 발수 작업했는데도 여전히', '문틈에 고여 있다 떨어지는 물방울'이 떨어지는 것이다. "전문 업체를 불러 / 탐지기로 이틀간 찾았는데 찾지 못했어요." 노동이 소진시키는 삶의 전면적인 망실이 이와 같을진대 '끝끝내 피어 살아남아야겠다는'(「민들레」) '별별 하나에 희망'(「별 하나에 희망」)이 없었다면 아마도 힘들었을 것이다.

내 영원한 별 하나 있다면
추락하는
별 앞에
구름과 바람과 비
어둠 깨치는
사랑

—「별 하나에 희망」 전문

"어둠 깨치는 / 사랑", "근성은 중심을 잃지 않는다". "초등학교 사학년 때부터 학교 파하면 책 대신 호미 삽 낫 도끼 들고 솜씨 좋은 쇠경 일꾼 미애 아버지가 만든 꼬마 지게 지고 밭으로 논으로", '육십 넘어도'(「불빛 속으로」) 여전히 현장에서 일손을 놓지 않는 그는,

> 내 잘못도 아닌데 집주인에게 욕 덤터기를 쓰더라도 그는 중심을 잃지 않는다 그의 근성은 소설이나 드라마 속 포악한 늙은 목수의 거친 곤조 따위가 아니다 기운 수평을 익히 알기 때문이다 그의 눈은 늘 천장과 벽면 문틀과 레이저급 수직 수평을 맞추고 있다
>
> 그의 공구는 옛것과 첨단을 넘나들며 완전 무장 중이다 일할 맛이 없고 푸념 같은 담배 연기만 뿜어대다가도 현장에 들어서기만 하면 그의 중심은 전기 원형 톱처럼 놀라운 속도로 돌아간다 레이저 레벨기로 수평을 보고도 물 호스로 한 번 더 확인하고 전기 대패에 전기톱에 전동 공구보다도 소싯적 대패질이 망치와 대못과 더불어 몸속에 내상된 근성 목수다 오늘도 기

울어질 때마다 속사포로 쏟아지는 욕 기술마저
도 후배 목수에게는 값진 인생 강연이다

—「이 목수」 전문

'중심을 잃지 않'고 '수직 수평을 맞추고', '어느 한 곳으로 기울지 않는' 몸과 기술, 그리고 정신 차리려 애쓰고 스스로 다짐하지 않았다면 그는 현장을 지키는 것도, 시 쓰기도 엄두를 내지 못했을 것이다. 건축업이나 시 쓰기나 짓는다는 점에서 통하고 무언가를 만들어 내며 그 결과물이 몸과 마음의 안식처가 된다는 점에서도 맞춤이다. 의도했건 하지 않았건 간에 그의 오랜 공력의 축적이 있었기에 가능했다. 그는 1980년대부터 인사동 '시인학교'에 드나들며(「그해 봄 시인학교」) 동시에 건축업에 종사하면서 오랜 시간을 눈칫밥 아닌 '이방인'(「전사장」)으로 두 분야에 몸을 걸치고 살았다.

시간은 업자들에게 저당 잡히고
좋은 벗은 집에 가고 없다
시인들 틈에 끼여 보아도
어깨너머엔 내 시가 없다
미래를 구할 눈과

품위를 지킬 입과
돈이라도 될 귀가

문학 뒷얘기 길바닥엔 없다
외롭고 쓸쓸한 내 골목 끝에는
좋은 벗이 아직 날 기다려
늦게라도 거기에 가 보려 한다
돌아서 가려 한다

—「선회旋回」 전문

2

“호적에는 1960년 경자생 / 족보에는 1957년 정유생 / 학교는 58년 무술생들과 / 동네 아이들 이름 거의 다 지어 준 아버지 / 지은 이름 대신 할머니와 어머니는 돌쇠라고 불러대니”(「몰러 몰러」) ‘미수米壽에 집 한 채 없’는 ‘아버지’(「민달팽이」)와 ‘함박꽃 / 어머니’(「장독대」)의 아들은 “가장 낮은 곳에서 낮게 엎드려 가는 / 노동으로 노동으로만 얻는 하루 양식”(「영동교」)의 ‘서울살이 사십 년’(「촌놈이 하는 욕」) 됐지만 ‘주머니엔 빈 통장과 부도 수표 몇 장과 돌려막기도 끝나 버린 카드뿐'(「마담은 귀신처럼 안다」).

'자본주의 앞에 선 / 아들'(「할머니 방식」)은 아버지와 마찬가지로 '저 홀로 / 시퍼렇게 / 멍든 가슴'(「청천靑天」)을 부여잡고

> 잔뜩 실어 놓은 자재
> 맞춰 놓은 작업조
> 뒤따르는
> 항의 불만 반품
> 모두 떠안아야 하는 이 바닥 불문율
> 명치 끝에 타는
> 공친 날
>
> ―「공치는 날이 아니다」에서

로 살얼음판 세상을 산다. 어음이 터지고 부도가 나고 "이제 세상 중심이 텅 비어 어지럽다"(「고독한 사내는 처음부터 없었다」)고 느낄 지경이다. 그러나 "하늘이 하는 걸 낸들 어쩌것냐 / 시골집 어머니 말씀 여전하다"(「장마 소식」). 박재웅은 그렇게 살아왔다. 그가 추구하는 문학이 「새순 법문」의 기조와 같고,

> 어린이날 새벽을 틈타 강원도 평창군 봉평 보

래산으로 두릅 따러 갔다 새순 똑똑 부러지는 경쾌한 유혹에 점점 두둑해지는 배낭, 몇 개 계곡을 지르고 팔 부 능선까지 첩첩 올랐다 살벌한 가시들에 찔리고 긁히면서도 어리고 파릇한 새순 데쳐 삼겹살과 소주 한잔 생각에 두릅 순 보이는 족족 따다 돌아갈 길 잃고

멧돼지처럼 헤집었다 홍건해진 윗도리 배낭이 어깨를 누르고 바구니가 팔을 잡아끌고 아랫배가 쪼그라들 무렵 철퍼덕 낙엽에 주저앉으니 그제야 눈에 든 하늘

빽빽한 전나무 사이로 성난 듯 잔뜩 찌푸린 비구름 당장이라도 덮칠 기세 서둘러 일어서려니 어둑한 사방은 오리무중

나뭇가지가 긴 방향이 남쪽이겠거니 하고 더듬더듬 왔던 길 찾아 나서자 절벽 같은 능선 비탈길 덩굴인지 넝쿨인지 사정없이 발을 건다

어린 새순 꺾은 인욕人慾, 자빠지며 구르며 피 흘려 보란다 순해 보이기만 했던 풀과 나뭇가지가 얼굴에 팔뚝에 종아리까지 사정없이 할퀴고 생채기를 내고 구름조차 노기를 쏟아붓고

솜뭉치 육신

숨 헐떡이던 그쯤에

연두색 풍경 소리

—「새순 법문」 전문

그가 읊는 시가

오랜 세월 길들여진 찻잔
눈물에 금이 간 듯 얼기설기 보이는 선을 따라
이끄는 대로 가다 보니 길은 시작도 끝도 없이 하나였다*

흙이 아닌 흙과
물이 아닌 물과
불이 아닌 불이
바람이 아닌 바람과
사람이 아닌 사람의
천만 갈래 실핏줄
숨결 고요히 육신에 가두고
천지 갈라지는
천년 시간쯤 되는 눈물

—「빙렬氷裂 화음」 전문

* 김이하 시인 시 제목에서

찻잔이 담아내는 흙, 물, 불, 바람, 사람의 숨결이 천만 갈래로 갈라지고 합쳐져 천지가 갈라지는 개벽의 경천동지와 천년 시간이 흐르는 눈물을 머금어 다시 사람의 생명을 약동케 하는 우주 생령의 혼연일체를 깨닫고 음미하게 한다. 그처럼 험난하고 신산한 삶의 굴레를 겪으며 깨닫게 되는 세상 사는 이치는 뭐 대단한 일이 아닐지도 모른다.

"이쪽과 저쪽 마주 서서 호흡 맞춰 물을 푸는 거 … 둘이 하나가 되어야만" "하나의 호흡이 되어야 하는 거 … 상대가 어설프면 몸속에 넣어 하나 일이 되어야 하는 거여 성질낸다고 일이 잘 되간 못하는 사람에 맞춰 잘하도록 하는 것이 두레박질이여"

물론 공동 우물에서 여러 사람이 사용하니 두레 자가 들어갈 수 있지만 내가 말하는 두레박은 말여 가물어서 논이나 밭에 물 댈 때 2인 1조가 되어 웅덩이에서 물을 퍼 올리는 사각 물통을 말하는 거여 뭐 겨울에는 물고기 잡아 천렵도 하는 큼직하게 양철로 만든 직사각형 모양

그릇 양쪽에 줄을 두 가닥씩 매달아 웅덩이 이쪽과 저쪽 마주 서서 호흡 맞춰 물을 푸는 거

여 줄 조정을 잘해 물을 치올리듯 담아 퍼 올리고 연속으로 해야 하기에 마주 선 둘이 하나가 되어야만 할 수 있지

그래서 두레박질이란 어쨌든 하나의 호흡이 되어야 하는 거여 일통 일통 영차영차 하면서 푸다 상대가 어설프면 몸속에 넣어 하나 일이 되어야 하는 거여 성질낸다고 일이 잘 되간 못하는 사람에 맞춰 잘하도록 하는 것이 두레박질이여 그 시절 두레박질 생각하면 이 세상이 왜 요 모양 요 꼴인지

—「두레박질」 전문

충청도 사투리에 얹어져 더욱 믿음직스럽고 진솔하게 들린다. 세상 살아가는 지혜는 1980년대 무크지 『삶의 문학』에서 들려오던 이야기 시의 차원을 상기시키며 그만큼 세월이 흐른 후임에도 변치 않는 세상의 불의와 불평등, 갈아엎어야 할 문제들에 매서운 눈길을 거두지 않는다. 가문 논밭에 물을 퍼 올리는 심정으로 못마땅한 세상에

아이들 둘러싼 검은 시간
바다에 빠진 나비들 꿈 곁으로

물대포에 멎어버린 농민의 심장으로
쫓기는 노동자의 얼굴로

쿵쿵
　　—「어둠 소굴로 간다」에서

'쿵쿵' 발 내딛는 것이다. 두레박질의 심성은 「마곡사 가는 늦가을」의 '촛불'에 가닿는다.

3

상념 흠뻑 젖은 길
구절초 따라
허공에 번지는
바람
햇살
눈
비
단청한
태화산

비로자나불의 미소
일제히 솟아오르는 새 떼

광장에 홀로 서 있던
촛불

—「마곡사 가는 늦가을」 전문

'촛불'로 모아지는 길 — 통로가 구절초 — 바람 — 햇살 — 눈 — 비를 잇고 어우러지게 만들어 만산홍엽의 태화산을 '만다라'로 완성하고 그것이 그저 흡족하고 자비로워 '비로자나불의 미소'가 있다. 그에 답할세라 '일제히 솟아오르는 새 떼'는 부처님이 세상에 내보내는 평화와 자유의 메시지이리라. 그렇다면 메시지가 어떻게 해서 '광장'(2022년 8월 망쳐 놓기 이전 광화문 광장)의 촛불에 닿았을까?

그런 연유로 다시 시의 초입으로 돌아가서 보면 시어 '상념'이 나온다. 게다가 '상념 흠뻑 젖은 길'이란다. 시적 화자는 '촛불 광장'의 일원이었음을 짐작할 수 있다. 초창기 '촛불 집회'에 참가했던 화자의 마음은 1896년 황해도 안악 치하포 여관에서 일본군 장교를 살해, 인천 감옥에 갇혔다 탈옥하고 마곡사에 승려로 변신해 자신을 숨겼던 백범 김구 선생에게로 향하고 대한민국 임시 정부 주석에 있으면서 평생을 조국의 독립과 민족의 해방을 위해 헌신했던 백범 선생의 마음을 헤아리는 것이다. 박근혜 대통령의 국정 농단으로 '이게 나라냐' '국민은 뿔났다' '박근혜 퇴진하야' '민심은 천심' 등이 집회 현수막과 구호로 등장, 정국은 혼란에 빠졌고 나라는 뒤숭숭할 때였다. 그 와중에 화자는 마곡사의 고즈넉한 산길을 걸으며 자연과 절집, 소박한 민심과 민주주의를 열망하는 시민으로서의 사회적 비원이 '일통 일통 영차영차'하는 딸깍 소리를 듣는다.

"광장에 홀로 서 있던 / 촛불"은 수많은 사람들이 모여 만든 하나의 거대하고 숭고한 촛불이기도 하고 화자가 오롯이 염원하며 수많은 인파와 더불어 독립하여 들었던 촛불인 동시에 마음속 간절한 바람으로 기원했던 촛불의 이미지이기도 하다. 더욱이 새 떼와 군중이 겹쳐지는 '허공'과 '광장'의 절묘하게 어긋난 조화는 '홀로 서 있던' 화자의 고독하고 충만한 상념이 어지럽고 혼란스러운 것이 아니라 정제되고 일목요연한 형태로 제시된 선명함을 얻었다고 할 수 있다. 그것은 아마도 화자가 참여한 집회의 정당성과 소명 의식, 역사적 필연성뿐만 아니라 화자 스스로도 굳건한 믿음과 더불어 자신의 삶에 대한 자긍심, 연

대의 운명적 자유 역시 보장하기 때문일 것이다.

자연과 인공 구성물(관념체), 사회, 인간이 끊기거나 절연되지 않고 맥락을 얻어 이처럼 시적인 리듬을 발생케 하는 사태를 그가 알아채고 쓴다는 점이 중요하다. 오랜 기간 수련하고 궁구하기를 게을리하지 않았던 (문학)청년의 웅숭깊은 뚝심과 순정 어린 시심은 삶의 우여곡절과 간난신고를 꿰뚫고 버무려 문득 문득 깨닫게 되는 탄식으로 시 한 편씩을 토해 놓곤 한다. 아마도 그 시편들은 「봄밤」의 날들을 무수히 겪고 나온 것이자 앞으로도 그럴 것인데 어쩌랴, 그것이 운명이라면!

보이지 않으니 속수무책이다
하루 종일 귓속을 후비는
천 일 고독과 천 근 두통
알 수 없는 처방전

잔기침에 목련이 지고
가래 끓는 소리에 벚꽃 떨어지는

중세
흑사병

권태와 현기증

—「봄밤」 전문

리얼리스트 시전詩全 1

쟁이로 불린다는 건

1판 1쇄 펴낸 날 2022년 9월 30일

지은이 박재웅
펴낸이 이민호
펴낸 곳 봄싹
출판 등록 제2019-16호
주소 10442 경기도 고양시 일산동구 일산로 142, 427호(백석동, 유니테크빌벤처타운)
전화 02-6264-9669 | **팩스** 0505-300-8061 | **전자 우편** book-so@naver.com

디자인 신미연
제작 두성 P&L

ISBN 979-11-979474-0-7 03810